Dietmar Bittrich
Zwerge

Eine Erzählung
Erstausgabe

Hamburg 1993

H, DIESE DATSCHAS! WIE GRAU UND ausgelaugt. Notdürftig geflickte Dächer, Risse im Putz, schlecht übertüncht, die Fenster mit Pappe verklebt, und an der Hauswand Gerümpel, halbe Fahrräder, fragwürdige Ersatzteile und Armaturen, mit Mühe beiseite geschafft, stolz gehortet, wie kleinmütig und eng war das alles, erbärmlich, aber auch irgendwie rührend, dachte Gerlach, im Alltag waren die Leute doch selbständig, mußten es wohl sein, bauten alles eigenhändig zusammen, lauter begabte Handwerker und Kleinkünstler, und deswegen sind wir ja hier, wegen der Zwerge, jetzt noch ein Geheimtip, aber wenn alles gut geht, ein Superhit noch vor Jahresende, und stehen sie da nicht schon? Allerdings, ja, im Baumschatten eine graue Versammlung, nicht ganz einen halben Meter hoch, merkwürdig schrumpelig, dachte Gerlach, durchaus originell im Vergleich zur westlichen Glätte, beinahe charaktervoll die einzelnen Exemplare, vielleicht nicht bunt genug für westliche Augen, die Kleidung zu ärmlich, auch fehlten die

Zipfelmützen, aber das läßt sich ja ändern, dachte Gerlach, dies jedenfalls muß der Schuppen sein, kein Namensschild, aber die Hausnummer stimmt. Also.

Er kickte die Tür im Lattenzaun auf. Ein Plattenweg führte zur Haustür. Die Rolläden waren geschlossen oder ließen sich nicht mehr öffnen. Einer gewährte noch den Blick auf das Fensterbrett, und da stand ein zerknitterter Kaktus, die Gardine hatte sich in den Dornen verhakt. Bedürfnis nach Exotik, dachte Gerlach, anders konnte es nicht befriedigt werden, bejammernswert, die armen Leute.

An der Tür lauschte er. Nichts. Überhaupt Stille in dieser Vorstadt, kein Geräusch aus Gärten und Häusern, offenbar alle ausgewandert, sofern sie nicht, wie dieser Kosanke hier, zu alt dafür waren. Gerlach drückte die Klinke vergeblich, pochte gegen das lackierte Preßholz und hörte nichts. Er rief höflich, dann barsch. Er sah auf die Uhr. Immerhin hatte er sich brieflich angemeldet, als argloser Sammler und Laubenpieper. Mal ums Haus gehen und gegen die Fenster klopfen? Ältere Herrschaften schlummern manchmal zu unüblichen Zeiten. Oder kippen plötzlich seitüber vom Lehnstuhl und sind verblichen. Was im Grunde das Beste wäre. Man würde ein paar Zwerge einsacken, zu Hause in Ruhe analysieren, und dann ab in die Produktion. Oder ich tue das jetzt einfach, dachte Gerlach, der Kerl ist nicht da, also schnappe ich mir was, hätte unsere Konkurrenz ja längst getan. Und warum auch nicht? Wird genauestens untersucht und unversehrt zurückspediert, nebst Entschuldigung und Entgelt für die Ausleihe. Also? Also.

Gerlach wandte sich beherzt um und schrak zusammen. Unmittelbar hinter ihm stand ein untersetzter kleiner Mann im grauen Strickwams und rieb die Hände aneinander. Vollkommen lautlos mußte er aus dem Garten gekommen sein. Gerlach starrte in ein blasses formloses Gesicht. Kleine Augen blinzelten hinter dicken Brillengläsern. Der Mann öffnete sein Fischmaul, aber sagte nichts; die Zähne waren braun von Tabak. Gerlach schluckte, dann gab er sich heiter. „Herr Kosanke? Ich bin der Herr Gerlach aus Berlin, von der Kolonie Abendfrieden. Wissen Sie? Ich hatte mich angemeldet, per Brief."

Kosanke zog den linken Mundwinkel nach oben und beließ ihn so. Der vergebliche Versuch eines Lächelns, dachte Gerlach, oder ein milder Schlaganfall. „Es geht um Ihre Sammlung, Herr Kosanke. Um Ihre einmalige Sammlung von Gartenzwergen. Die würde ich mir gerne mal ansehen, rein privat. Weil ich Zwerge so gern habe. Ein altes Hobby. Vielleicht könnte ich auch ein Foto machen." Er deutete auf die schwarze Tasche, die er an einem Riemen über der Schulter trug.

Der kleine Dicke kniff die Lider zusammen. Großporige Haut von der volkseigenen Kernseife, geplatzte Äderchen auf der Nase vom schlechten Fusel. Und was stiert er mich so an, dachte Gerlach? Glaubt er mir etwa nicht? Hat er den Brief nicht bekommen oder was?

Nicht gelesen? Nicht kapiert, das ist das Wahrscheinlichste.

Kosanke schloß sein Maul, lautlos. Dann öffnete er es wieder, hob einen kleinen dicken Zeigefinger mit brüchigem Nagel und tippte knapp neben Gerlachs Nase: „Was ist denn das?" Er hatte eine leise, fettige Stimme. Gerlach wich irritiert zurück und befühlte die Stelle. Ja, da befand sich seine Warze. Na und? Was sollte diese Unverfrorenheit? „Das ist ein Muttermal."

„Ganz markant", nickte Kosanke, offenbar anerkennend. Er zerrte ein großes Taschentuch hervor und begann seine Brille zu putzen. Na, das kann ja heiter werden, dachte Gerlach. Für diesen Termin müßte ich eine satte Erschwerniszulage verlangen. Geht ja immerhin um ein Patent. Jetzt aber: „Ich habe schon einen Blick in Ihren Garten geworfen. Und ich muß sagen: eindrucksvoll! Wirklich. Ganz toll."

„Sie interessieren sich für Gartenzwerge?"

Hah! Er antwortet! Er geht darauf ein! Nun reichlich Zucker geben! „Aber selbstverständlich, Herr Kosanke! Rein privat natürlich nur! Ich selbst habe in meiner Parzelle — aber was ich hier bei Ihnen sehe, das ist unvergleichlich! Das ist wunderwunderschön!"

„Die meisten stehen auf der Rückseite." Kosanke, anscheinend erwärmt, schloß die Tür auf. „Na, dann folgen Sie mir mal."

ue ich, tue ich! dachte Gerlach. Das ist die halbe Miete!

Kosanke watschelte voran durch den dämmerigen Flur. Es roch nach Schwamm und nach Schimmel, nach feuchten Tapeten und miserablem Tabak. Beschämend diese Verhältnisse, dachte Gerlach, aber wer so wohnt, wird einem kleinen Joint Venture nicht abgeneigt sein.

„Wissen Sie", sagte er leutselig, „die üblichen Gartenzwerge, wie sie bei uns in Kaufhäusern angeboten werden oder in Gartenhandlungen, die haben mich nie interessiert."

Und Kosanke sprang darauf an, genau wie erwartet. Daß die Leute immer so reagieren, wie man es vorhersagt! Lächerlich! „Da haben Sie recht!" raunte Kosanke. „Das sind lieblose Massenprodukte!"

„Genau", nickte Gerlach. „Der reine Schund", sagte Kosanke.

Na, das nun auch wieder nicht, dachte Gerlach verstimmt. Vielleicht die vom Schweinfurter Kleinskulpturenhandel oder die aus Hannover. Aber doch unsere nicht. Hat auch nicht gerade den Durchblick, der Plumpsack. Na, umso besser. Sie waren im Wohnzimmer.

Schwaden von üblem Zigarrenrauch konnten über die katastrophale Einrichtung nicht hinwegtäuschen. Unter dem Schmutz und der Bräune der Jahre war noch ein blumiges Tapetenmuster zu entdecken; von dem leeren Bücherschrank rollte sich das Furnier; anstelle von Bildern vergilbten Kalenderblätter an den Wänden. „Schön haben Sie's hier." Jede Müllverbrennungsanlage würde diesen Schrott zurückweisen. Kosanke wies mit kurzem fetten Finger auf eine Kunstledergarnitur. Unsere Zwerge ‚der reine Schund'? Du hast es gerade nötig, Dickwanst! Eine unförmige Riesenzigarre qualmte auf einem Teller.

Kosanke plumpste ins Plastikpolster. „Dieser einförmige Kitsch!" gluckste er. „Da gibt es Gartenzwerge, die angeln, die ein Lämpchen halten oder eine Gießkanne oder einen Blumenstrauß oder eine Ziehharmonika oder eine Pfeife." Er kicherte. Gerlach nickte. Er hätte zu jedem die Seriennummer nennen können. „Tja!" Kosanke strich seinen Kugelbauch und meckerte verächtlich. „Daran soll man sie wohl unterscheiden können. Aber es ist einer wie der andere. Einer wie der andere! Der Gesichtsausdruck ist immer derselbe!"

„Genau!" fand Gerlach. Immer derselbe Gesichtsausdruck." Obgleich das keineswegs stimmte. Der Dicke war nicht auf der Höhe. Man hatte sich in den vergangenen Jahren erhebliche Mühe gemacht, etliche Mund-Variationen entworfen, zwei lustige Brillenmodelle, auch verschiedene neue Nasen, hatte sogar eine Visagistin engagiert.

„Solchen Kitsch gab es ja leider auch bei uns", seufzte Kosanke. „Hergestellt in Suhl. Haargenau dieselbe Qualität." Dreiste Unverschämtheit, dachte Gerlach, die Dinger aus Suhl sind doch beim ersten Frost gesplittert und beim zweiten Regenguß zusammengesackt! Genau dieselbe Qualität? Hah! Da waren selbst die vom Hannoveraner Zwerge und Zierat um Klassen besser!

Kosanke sog an seiner windeldicken Zigarre und stänkerte in den Raum. Er senkte die Stimme: „Meine aber sind einmalig. Unwiederholbar. Und sie halten was aus. Sehen Sie!"

Gerlach folgte der Geste und blickte in den Garten. Ja, da stand tatsächlich eine staunenswerte Schar Zwerge. Ein graues Heer. Hier zwei unter einem Baum, dort eine Gruppe am

Gebüsch, einige schienen Ringelreihen um einen Stamm zu tanzen, viele standen vor der Hecke hinten, als sei sie gerade herausgekrochen; die meisten im Schatten oder im Zwielicht, als könnten sie Sonne nicht vertragen. Das wäre freilich zu überprüfen, dachte Gerlach, Wind- und Wetterfestigkeit. Aber diese knitterigen Gesichter, die haben was, wirklich, beinahe wie die Gesichter von wirklichen Zwergen, er hatte mal einen gesehen, nur waren sie eben grauer. Ein bißchen Farbe müßte man ihnen zweifellos aufpinseln. Jedenfalls: Unwiederholbar waren sie gewiß auch nicht. Das war eher eine Frage technischer Fertigkeiten. Gerlach dachte an eine limitierte Edition von ausgesuchten Prototypen. Mit Echtheits-Zertifikat. Numeriert, signiert.

„Ich hatte schon davon gehört, Herr Kosanke, aber nun sehe ich es selbst und bin begeistert: Jeder Ihrer Gartenzwerge hat eine eigene — eine Individualität." Kosanke schmauchte stumm.

„Eine ganz und gar eigene Persönlichkeit. Und das im Sozialismus!" scherzte Gerlach. Und fügte, da Kosanke keine Miene verzog, eilig hinzu: „Obwohl der ja auch sein Gutes hatte." Gerlach hatte jetzt den Eindruck, Kosanke starre ihm auf die Ohren. Klar, so ein Plastiker hat natürlich einen Blick dafür. Seine Ohren waren nun mal ziemlich groß, und sie standen leider auch ab, was nichts Schlechtes zu bedeuten hatte, aber schön waren sie nicht. Kuck mal gefälligst woandershin, Dickerchen! Gerlach legte je eine Haarsträhne über jedes

Ohr. „Zum Beispiel Sie, Herr Kosanke, Sie verdienten wahrscheinlich nicht viel Geld in diesem System, Sie konnten sich das, was Sie wollten, nicht leisten. Und so waren Sie durch den Sozialismus genötigt, kreativ zu werden und zum Beispiel Ihre Gartenzwerge selbst zu modellieren. Ich will Sie nicht fragen, wie Sie das gemacht haben —"

Er legte eine Pause ein, damit Kosanke antworten könne. Aber der schob ihm nur einen Teller hin. Für Vertraulichkeiten war es augenscheinlich noch zu früh. Ich hätte ihm was zu Trinken mitbringen sollen, dachte Gerlach ärgerlich. Dann wäre er ins Plaudern gekommen und hätte auch seine Stänkerei reduziert.

„Möchten Sie etwas?" raunte Kosanke.

Gerlach wußte nicht, was.

„Von dem Dörrobst hier?"

„Ach so. Nein. Äh — doch, ja, gern. Wie schmackhaft." Eine weiße Plastikschale wurde über den Tisch geschoben. Voll mit grauem, braunem, gelbem, schwarzem — tja, das sollte Backobst sein. Von der Sorte, die man in den besseren Bundesländern allenfalls beim Großreinemachen unterm Schrank fand und sofort in den Müll kippte. „Ich stelle es selbst her", lächelte Kosanke mit bescheidenem Stolz. Gerlach war ein wenig gerührt. Wieviel Mühe sich die Leute hier gaben, wie genügsam sie immer noch waren. Man ist direkt verweichlicht dagegen. Sein Magen-Darm-Trakt verkrampfte sich in banger Erwartung.

„Als Kleingärtner haben Sie sicher die Obstbäume bemerkt. Ich habe vier Birnensorten, drei Pflaumen, sechs Äpfel und zwei Quitten."

Gerlach schwieg und kaute. Er konnte Bäume grundsätzlich nicht unterscheiden, höchstens Laub- und Nadelbäume. Die Trockenfrüchte hier hätten allerdings auch Tannenzapfen sein können. Kronenkiller, Brückensprenger. „Hmmm, hmm", machte er genießerisch. „Stellen Sie Ihre Zigarren auch schon selbst her?" Dann hast du dir dein Grab hoffentlich auch schon selbst ausgehoben, Fettwanst! Nicht das mindeste Gesundheitsbewußtsein war vorgedrungen in diese Ost-Provinzen. Wozu auch. Lassen wir der natürlichen Selektion ihr Spiel. Kosanke nahm die Zigarre nicht aus dem Maul. Er redete mit einem Mundwinkel.

"Angefangen habe auch ich vor langen langen Jahren mit einem ganz gewöhnlichen Serien-Exemplar. Es steht noch da — ganz hinten neben dem Goldfisch-Teich." Ja, da stand einer mit Angel, ganz verwittert, offenkundig Schrott aus Suhl. "Jemand hatte ihn mir aus dem Westen mitgebracht", behauptete Kosanke. "Für mich war es der erste und letzte aus Massenproduktion. Für meine eigenen Zwerge habe ich dann eine bessere Konservierungsmethode entworfen." Kosanke lehnte sich zurück und streichelte mit kreisenden Bewegungen seinen Bauch. "Gartenzwerge müssen Wind und Wetter aushalten", dozierte er. "Sie brauchen eine besondere Glasur."

Vielleicht bei euch, du Dummkopf. Gerlach lagerte einen Pflaumenkern in der Backentasche ab. „Das liegt möglicherweise an der Rohbraunkohle, die bei Ihnen verfeuert wird, Herr Kosanke! Das kommt ja alles wieder runter. Bei uns hält das Plastik."

„Plastik!" Kosanke verdrehte theatralisch die Augen. Offensichtlich wollte er den Qualitätsbewußten herauskehren. Na, gönnen wir es dem armen Schlucker, dachte Gerlach. „Vielleicht darf ich nachher mal einen Blick in Ihr Atelier werfen?"

„Ich bitte darum."

Na, also, da haben wir dich ja schon beinahe. Dich und deine Gartenzwerge. Gerlach spähte durch das schlecht geputzte Fenster. Durch die ziehenden Schwaden des Zigarrenrauches schienen die Zwerge in Bewegung zu geraten und wie Wanderer im Nebel zu schreiten. Wunderbar, dachte Gerlach, poetisch geradezu! Für normale Kleingärten viel zu schade; die Käufer müssen einen Besitz von mindestens zweitausend Quadratmeter nachweisen. Es handelt sich um Luxusgüter. „Ich fände es natürlich großartig, wenn ich Ihnen einen Zwerg abkaufen könnte, rein privat, es kann auch gern einer sein, der nicht so gut gelungen ist, aber das wäre natürlich zuviel verlangt."

erlach machte eine kurze Pause, doch Kosanke stieß lediglich eine besonders toxische Qualmwolke aus.

„Darf ich?" fragte Gerlach und wies auf den Teller. Erstens schien der Verzehr den Alten günstig zu stimmen, und zweitens war das Aroma tatsächlich nicht so übel. Man mußte es nur geduldig erkauen. „Vielleicht haben Sie nichts dagegen", schmatzte Gerlach, „wenn ich im Garten gleich ein paar Fotos mache?" Dann kann ich auch den Weg für einen eventuellen Diebstahl ausspionieren, falls du freiwillig nichts rausrückst.

Kosanke ließ Asche auf den Teppich rieseln. „Das ist so eine Sache. Es war hier mal ein Fotograf, der hat mir leider, leider einen Zwerg kaputtgemacht."

„Ach, ein Fotograf war hier?! Etwa ein Westler?"

Kosanke schob den Kopf auf dem dicken Hals einmal nach links, einmal nach rechts. Also nicht. „Von der Görlitzer Tribüne. Da — da habe ich noch ein Foto von dem Mann." Er wies auf die Fensterbank. Gerlach entdeckte Rähmchen neben Rähmchen mit gilbenden Erinnerungsfotos. Er mußte einen plötzlichen Gähnanfall bekämpfen. Oh, oh, nur keine sentimentalen Erinnerungen! Bitte kein sozialistisch tüchtiges Leben nach faschistisch überschatteter Jugend nebst frühem Tod der werktätigen Ehefrau! Das mit dem Backobst war schon übel genug. Obwohl andererseits diese Apfelscheibe —

„Hier, das war er. Was sagen Sie dazu?" Das Bild zeigte einen durchschnittlichen

Dummkopf östlicher Prägung, ein VEB-Ohrfeigengesicht. „Kennen Sie ihn?"

„Wie sollte ich denn?" sagte Gerlach. Aber dann fiel ihm etwas auf. Merkwürdig. „Also — das Gesicht. Wenn ich jetzt — komisch!"

Kosanke hob die Brauen.

„Sagen Sie mal — das mag zwar albern klingen, aber — der Zwerg da rechts unter dem Apfelbaum —"

„Gelber Köstlicher."

„Wie bitte?"

„So heißt die Sorte bei uns." Kosanke schob die Schale ein Stück näher. Gerlach langte zu. „Nein, dieser Zwerg, ich meine das Gesicht — oder sogar die Haltung!"

Kosanke lächelte still und stolz. Sein Doppelkinn nickte.

„Ja, ist denn das die Möglichkeit! Sie haben diesen Reporter modelliert?! Wie lange haben Sie daran gesessen?"

Kosanke drehte bedächtig seinen kokelnden Zeppelin. „Man muß sehr viel Liebe und Geduld aufbringen. Nur so kommt über die Jahre eine Sammlung zustande."

„Nun sagen Sie bloß, mich würden Sie auch eventuell porträtieren?" Das war der Weg! So käme man an das Rezept! Und gleich noch an einen Prototypen, einen exzellenten sogar!

„Hmm. Ja, bei den beiden Jungs unterm Pflaumenbaum rechts wäre noch Platz", bemerkte Kosanke arglos. „Unter den Renekloden."

„Nein, nein, nicht für Ihren Garten, für meinen eigenen! Und selbstverständlich gegen gutes Honorar!" Ach, der gute Mann wußte ja gar nicht, was in ihm steckte! Gerlach schabte aufgeregt auf seinem Sessel herum. Hunderttausende deutscher Gartenbesitzer warteten doch nur auf so eine Idee! Zwerge nach eigenem Bilde! Wenn man alle seine Lieben hübsch gereiht im Garten, um einen Teich, und vielleicht für das Weihnachtsgeschäft? Er schwitzte vor Aufregung. Er trommelte auf den Tisch. Herrliches Trockenobst! Er griff beherzt zu und kaute kräftig. Kosanke sah es erfreut. „Ja, ja, das sind Renekloden!"

Köstlicher Geschmack! Frisch und fruchtig! Ach, jedem sein kleines Denkmal! Export in alle Welt. Daß diesem Kosanke das nicht selbst eingefallen war! Auf Ideen sind die ja manchmal gekommen in diesem Sumpf, aber was man aus guten Ideen machen kann, das ist denen nie aufgegangen. Mein Gott, wie vier verfehlte Jahrzehnte die Menschen deformieren können! Aber wir haben jetzt was davon! Gerlach fühlte sich heiter und trunken. Er war ein Eroberer. Neue Kontinente taten sich auf. Und draußen die Zwergenschar lächelte ihn aufmunternd zu. Wie belebt sie jetzt schien! Dämmerte es eigentlich schon? Oder war es der dichte Rauch, der das Tageslicht schluckte?

Gerlach mußte seine Augen anstrengen. Was war denn das für ein Foto in dem roten Rahmen? Er staunte. „Ein Neger?"

Kosanke nickte. „Ein afrikanischer Stammes-Häuptling. Bantu. Er kam im Rahmen eines Kulturaustausches zur Völkerfreundschaft her."

„Sozialistisches Bruderland oder sowas?"

„Er gab mir wertvolle Tips, was Gartenzwerge betrifft."

„Ach. Haben die da unten denn auch — also ich meine im Busch?" Vielleicht sollte man da bald mal ein Angebot machen? Wird möglicherweise sogar gefördert mit Entwicklungshilfe-Geldern? Was man in diesen Provinzen alles erfahren konnte! Erstaunlich! Hier lag das Gold auf der Straße. Und die tumben Toren sehen es nicht! „Haben die da unten denn auch Zwerge?"

„Nicht in unserem Sinne." Kosanke lächelte nachsichtig. „Trotzdem konnte ich viel von ihm lernen."

„Da! Da!" rief Gerlach und zeigte aus dem Fenster. „Da steht ja der Neger! Unter dem — dem — !"

„Boskop."

„Genau!" Gerlach griff sich eine Apfelscheibe. Boskop, ja, das waren noch Boskops hier, echte alte Gartenfrüchte, keine Fließbandäpfel. Die Scheibe zerging auf der Zunge. Und echte alte Gartenzwerge dazu, der Mann hatte ja recht. Fast hätte er ihm einen vertraulichen Stoß in die äußere Fettschicht versetzt. Allerdings, einen Neger herzustellen, war wohl nicht schwer. Gerlach griff sich ein anderes Rähmchen. Mal sehen, was sich in der Dämmerung noch ausmachen ließ. Extrem dumme Visage. „Kreisparteisekretär Kolikowski" stand auf der Rückseite. Naja. Kurzer Blick —

Da! Jawohl! Kein Zweifel! Kosanke hatte die Körperhaltung perfekt nachgebildet. Der Parteisekretär stand leicht gekrümmt, verbogen, wie man sich ja denken kann. Aber daß er sich nun so einen als Modell ausgesucht hatte. „Da — da — da links — unter dem — äh —"

„Birnbaum", ergänzte Kosanke. „Ich denke, Sie sind Kleingärtner?"

„Ja, ja, klar, Birnbaum", haspelte Gerlach und lachte süffig. Er durfte sich nicht leichtfertig verraten in seiner Begeisterung. Wie die Zwerge jetzt zu wachsen schienen in der fallenden Dunkelheit! Gerlach beugte sich vor. „Vorsicht!" mahnte Kosanke. Zwei Rähmchen fielen zu Boden. „Tschuldigung!" Gerlach hob sie auf. „FDJ-Leiter Hirsch" und „LPG-Vorstand Schruppke". Er ließ den Blick über die Schar schweifen. Da stand das abstoßende Paar. „An der Hecke!"

Kosanke nickte. „Und die zwei unter den Renekloden?"

Renekloden? Gerlach hatte keine Ahnung, welcher Baum oder Busch diesen Namen trug.

„Die sind auch toll!" sagte er aufs Geratewohl. Wahrscheinlich war ein weiteres Funktionärs-Paar gemeint. Ekelhaft, daß kleine Leute wie Kosanke ausgerechnet diejenigen verehren und verewigen, von denen sie ausgebeutet werden! Immer dasselbe! Im Grunde ein Diener des Systems, dieser Kosanke, ob man dem nun noch Geld in den Rachen stopfen sollte? Eigentlich nicht. Es war doch wohl besser, man nahm ihm seine Erfindung ab und verwandte sie auf Besseres. Das wäre auch ganz im Sinne des demokratischen Neuanfangs. Positive Zwerge muß man schaffen! dachte Gerlach froh.

„Übrigens", fiel ihm ein. „Es könnte gut sein, daß bei Ihnen Leute aus dem Westen auftauchen, die Ihre Erfindung nur ausschlachten wollen. Kommerziell, meine ich."

„Ach, das ist gut."

Gerlach erschrak. „Wieso denn?"

„Was sind denn das für Leute? Wie sehen die aus?"

„Mein Gott, das weiß ich nicht." Wie naiv diese Ostler immer wieder waren! Schockierend! Wenn nun die Buben aus Schweinfurt oder Hannover vor ihm hier gewesen wären! Nicht auszudenken! „Die erkennen Sie höchstens daran, daß die mit einem Scheck vor Ihrer Nase herumfuchteln! Das sind Leute, die nicht begreifen, daß man etwas nur aus Liebe und Hingabe tut. Ich wollte Sie nur warnen."

Kosanke lutschte und schmatzte an seiner Zigarre wie ein Säugling.

„Oder", setzte Gerlach vorsichtig nach. „Ist

so etwas vielleicht schon mal vorgekommen?"

Kosanke warf einen langen Blick in den Garten, dann sah er Gerlach an. „Ihre Augen tränen." Das stimmte. Und war es ein Wunder? Bei diesen ungefilterten Abgasen? Und in dieser volkseigenen Dunkelheit? „Können Sie nicht mal das Licht anmachen?"

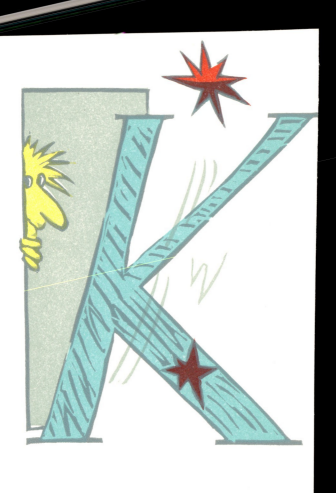

osanke blickte zur Decke auf den Leuchter aus Tütenlampen. Gerlach war überrascht. Die waren hell. In der Tat, das Licht war an, dann war es also der Rauch! Und draußen? Gerlach sah auf die Uhr. Mittag war gerade vorüber.

Aber war es nicht längst dunkel draußen? Warum sonst waren die Zwerge ans Fenster gerückt und starrten durch die Scheibe? So nah, so nah! „Oh, mir ist übel, Herr Kosanke, mir ist übel." Das verdammte Dörrobst war schuld, er hatte zuviel davon gegessen. Deswegen fühlte er sich so bleiern und so trunken. Er war tief in den Sessel gesunken. Er stützte seine Hände auf die Lehnen, er wollte sich erheben, er kam auch hoch, aber nur schwerfällig und ächzend. „Mein lieber Herr Kosanke..."

„Vorsicht, wenn Sie jetzt aufstehen!"

„Kosanke, mein Lieber, ich will ja nur ein Foto machen." Gerlach wankte zur Verandatür. Erst jetzt bemerkte er, daß der Boden uneben war. Schief und krumm und verbogen

wie die ganze Kate. Er stieß gegen einen Stuhl, der fiel polternd um. „Holla! Tschuldigung!"

„Ich habe Ihnen gesagt: Vorsicht!" Kosanke hatte die Zigarre beiseite gelegt und war aufgestanden. „Halten Sie sich am Tisch fest!" Gerlach versuchte es. Aber die Kante war zu glatt. Kosanke ergriff seinen Arm. Mit der freien Hand hob er den Stuhl auf und schob ihn beiseite.

„Ich muß doch die Fotos machen!" stammelte Gerlach und tastete nach der Kameratasche. „Geben Sie mir mal den Apparat", befahl Kosanke. „Jetzt mache ich ein Foto von Ihnen." Er schob die Brille in die Stirn und spähte durch den Sucher. „Ich brauche es nämlich zum Vergleich." Gerlach lächelte geistreich: „Machen Sie schon, machen Sie!" Er griff nach der Sofalehne. „Hihi!" Klick. Er gähnte zufrieden. „Nun können Sie mich modellieren."

Kosanke griff ihm unter die Arme. „Hübsch langsam", mahnte er. Bevor sie das Zimmer verließen, drehte Gerlach sich noch einmal um. „Husch, husch!" machte er zu den Zwergen, denn sie starrten ihm unverwandt nach. „Husch, husch ins Körbchen!" Komisch, die beiden ganz rechts, kannte er die? „Hier entlang!" Kosanke zog ihn weiter mit eisernem Griff.

„Entwickeln Sie das Foto jetzt gleich?"

„Ich arbeite nicht nach Fotos."

„Wie denn dann?" lallte Gerlach.

„Das habe ich Ihnen doch gesagt: afrikanisch."

„Oh, oh, das dürfen Sie aber keinem verraten! Sie sind ja einer, Herr Kosanke!" Gerlach kicherte.

„Hier hinein." Kosanke hatte die Tür zu einem gekachelten Nebenraum aufgestoßen. Gerlach blickte in eine getäfelte Kabine.

„Dort, auf der Pritsche können Sie sich ausruhen. Ich mache die Tür zu, dann haben Sie's ruhig und warm."

„Das sieht aber hart aus."

„Ja, hier mache ich sonst das gute Dörrobst."

„Das gute Dörrobst", murmelte Gerlach betrübt. „Man verdaut es gar nicht gut." Er sank mit einem Seufzer auf die Pritsche. „Und wann zeigen Sie mir denn Ihr Atelier?"

„Aber Herr Gerlach, die Dörrkammer ist

doch mein Atelier. Und Sie sind in diesem Monat schon der dritte, der es sehen will."

„Wer war denn da?" säuselte Gerlach schlaftrunken. „Etwa Schweinfurter Kleinskulpturen? Hannoveraner Zwerge und Zierat? Haben Sie es denen etwa gezeigt?"

Anders geht es ja nicht! Haben Sie sie nicht gesehen? Die beiden unter den Renekloden? Oh, Vorsicht!" Kosanke griff stützend unter Gerlachs Kopf, der eben zur Seite sinken wollte. „Herrliche Ohren", stellte er fest, als er ihn in eine Vertiefung der Pritsche bettete. „Und so muß er bleiben. Sonst kommt die Warze nicht richtig heraus."

DIETMAR BITTRICH wurde 1954 in Triest geboren. Nach dem abgebrochenen Studium der Rechtswissenschaften in Padua wiederum in Triest, dort Ausbildung zum Busfahrer. In dieser Funktion seit 1978 beim Hamburger Verkehrs Verbund. Veröffentlichungen: etwa 30 Hörspiele, zwei Komödien und, unter dem Pseudonym Jost Nickel, der Parodienband „Entjungferung zu Braunschweig" sowie die Novelle „Nachtausgang".

Hamburger Literaturpreis für Kurzprosa, zwei Förderpreise des Hamburger Senats.

Das Buch wurde aus der Garamond-Antiqua gesetzt und wie die Abbildungen an einer Andruckpresse gedruckt. Gesamtauflage der Erstausgabe 312 Exemplare.
Grafik und Gestaltung, Svato Zapletal.
Buchbindung, Kurt Willscher.

Dieses Exemplar trägt die Nummer

257

© für diese Ausgabe bei Svato Verlag

SVATO VERLAG
Missundestraße 18, 22769 Hamburg

ISBN 3 924283 27 3